Las manchas del sapo

Marjorie E. Herrmann

National Textbook Company
a division of NTC/CONTEMPORARY PUBLISHING GROUP
Lincolnwood, Illinois USA

Queridos niños,

¿Se han preguntado alguna vez de dónde son los mejores cuentos? Algunos se relatan y pasan de una persona a otra sin escribirse nunca en los libros. Esos son los verdaderos cuentos del folklore. A veces son tan antiguos que nadie recuerda quién fue el primero que los contó. Cada cultura tiene sus propios cuentos. Son muy especiales porque realmente pertenecen a todo un pueblo.

La historia que van a leer es un cuento del folklore argentino, y se ha escrito para su deleite. Como a Uds. les gusta leer buenas historias, quiero que aprendan ésta. Ya que Uds. son bilingües, el cuento será doblemente bueno.

En cualquier idioma que Uds. escojan, el sapo Luisito los espera para llevarlos a un baile. Cuando vuelvan, Uds. sabrán como Luisito ganó sus manchas.

Adelante y buena suerte.

Marjorie E. Herrmann

ISBN: 0-8442-7171-3

Published by National Textbook Company,
a division of NTC/Contemporary Publishing Group, Inc.,
4255 West Touhy Avenue,
Lincolnwood (Chicago), Illinois 60646-1975 U.S.A.
© 1987, 1978 by NTC/Contemporary Publishing Group, Inc.
Printed in Hong Kong.

9 CP 9 8 7 6 5

Esta es la historia del origen de las manchas del sapo. Había una vez un sapito que se llamaba Luisito.

Era muy hermoso, con ojos grandes y amables.
Tenía la piel lisa, de color tostado.

Amaba a todo el mundo, aún a aquéllos que no eran sapos.

Nada le gustaba más que cantar y bailar. No le importaba que su voz no fuera agradable ni que no supiera bailar bien. Cantaba escalas todos los días y practicaba sus pasos sin cesar.

No hacía caso de las risas de los otros sapos.
Las bellas canciones y los ritmos vivos le
interesaban más.

Un día oyó que las aves hablaban de una
invitación a un baile en el cielo.

6

—Yo quiero asistir también— pensó el sapito, —pero no me invitaron.

Cuando el día del baile se acercaba, Luisito pensó y pensó cómo podía ir a esa fiesta maravillosa. Cada día estaba más entusiasmado escuchando a los pajaritos que practicaban su música.

El canario cantaba con la voz alta y dulce.

La gaviota tocaba la flauta fina y pura.

El cormorá tocaba el clarinete. El avestruz batía
el tambor.

El búho sonaba el trombón y el águila rasgueaba la guitarra.

—¡Qué bello!— pensó Luisito. —Cómo me gustaría asistir a este baile, pero estoy seguro que ninguno me cargaría en sus alas. No puedo ascender a saltitos. Quizás yo podría esconderme en la caja de la guitarra del águila. ¡Es tan fuerte! No sabría que yo estaba adentro.

Pues resolvió ir al gran baile del cielo de esta manera. Por fin llegó el día. Todas las aves subieron volando por el aire, cada una con su instrumento. ¡Qué espectáculo! Tan numerosas fueron las aves que no era posible ver el sol.

El águila nunca sospechó del pasajero en la caja de su guitarra.

Cuando llegaron al cielo, todo el mundo se sentó a la gran mesa del banquete en las nubes. El águila dejó su guitarra al lado y buscó su lugar con sus amigos en la mesa.

Al ratito, salió Luisito de la caja de la guitarra.
¡Qué espléndida era la fiesta! Los concurrentes
bailaron y se divirtieron mucho. ¡Fue
extraordinario el concurso de cantos!

Luisito, que se había escondido detrás de una nube, miraba todo. Cuando la música se aceleró, el sapito estaba tan extasiado que saltó de alegría.

—¡Qué música tan maravillosa! Estoy tan contento— exclamó.

Y saltó tan alto que los otros pájaros le vieron.

—No le presten atención— dijo el canario.

—Quizás decidirá irse de aquí.

—Pero, ¿cómo llegó aquí?— preguntó la gaviota. —No sabe volar.

El águila pensó y pensó. Después de algunos minutos dijo:

—Ya sé. Estoy completamente seguro de que se escondió en la caja de mi guitarra, porque pesaba demasiado.

—¡Bah!— exclamó el avestruz. —Me parece muy mal educado este intruso. Tenemos que darle una lección.

Pues todas las aves colaboraron y, después de mucha discusión, decidieron el castigo que merecía.

Luisito no oía nada. Temía acercarse por miedo a ser descubierto.

Al cabo de un rato, la música volvió a tocar y la alegría general continuó desde la puesta del sol hasta romper el alba.

Al día siguiente cuando llegó el momento de regresar, el sapito saltó rápidamente en la caja de la guitarra del águila, creyendo que nadie le vio:

—¡Bien!— dijo el avestruz, —este es el momento para castigarlo.

—Sí— dijo el águila. —Voy a cerrar la caja de mi guitarra de modo que en cuanto comencemos a volar hacia la tierra el sapito se llevará una *gran sorpresa*. Ahora sabremos si los sapos aprenden a volar.

Escondido en la oscuridad de la caja, Luisito no sospechaba nada.

Notó el momento en que el águila puso la caja de la guitarra en la espalda. Después de algunos minutos supo que estaban volando por el aire.

Recordando la magnífica fiesta, el sapito soñaba con los vivos cuentos que iba a contar a los otros sapos.

23

Inesperadamente, se sintió volar por el aire. Aterrorizado, Luisito estaba cayendo en el vacío como lo previno el águila. El pobre sapito se dio cuenta de que caería sobre un lugar cubierto de piedras.

—¡Pongan colchones que voy a partir las piedras! ¡Pongan colchones que voy a partir las piedras!

25

Pero nadie le hizo caso.

¡CATAPLÚN!

¡Qué terrible fue el golpe!

El pobre cuerpecito estaba lleno de heridas.
Desde lejos los pájaros miraban. Se felicitaron.

—Pues le dimos una buena lección. No irá más
donde no esté invitado— dijeron riéndose.

Después de muchas semanas los amigos del sapito le curaron. Cuando estaba recuperado, el triste Luisito pensó:

—¡Qué feo estoy con estas cicatrices!

Pero los otros sapitos no estaban de acuerdo.
Le dijeron:

—Para nosotros tú eres muy bello. Qué valiente fuiste al volar tan alto. Ningún sapo había volado antes. A nuestro parecer tú eres muy audaz. Eres el primer sapo que sabe volar.

Y desde entonces todos los sapos llevan manchas
en honor de su muy ilustre antepasado. ¿Desde
cuándo no miras la piel de un sapo? Creo que se
pueden ver todavía las manchas. Si no me crees,
ve a mirar pronto.

How the Toad Got His Spots

Marjorie E. Herrmann

Dear Children,

Have you ever wondered where good stories come from? Some are simply told to other people and never get written in books. These are the true folktales. Sometimes they are so old that no one can remember who told them first. Every culture has its own folktales. They are very special because they *belong* to a people.

The story you are about to read is a folktale from Argentina which has been written down for your enjoyment. Because you like to read good stories, I want you to know this one. Because you are bilingual, you will enjoy it twice as much by being able to read it in both Spanish and English.

Whatever language you choose, the little toad, Luisito, is waiting to take you to a ball. When you get back, perhaps you will know how he got his spots.

Happy story time!

Marjorie E. Herrmann

This is the story of how the toad got his spots. Once upon a time, there lived a little toad named Luisito.

He was very handsome with his big, friendly
eyes. He had smooth, tan skin.

He loved everyone, even those who didn't happen to be toads.

Nothing pleased him more than to sing and dance. It didn't matter to him that he didn't have a very fine voice nor that he didn't know how to dance very well. Every day he used to sing his scales and practice his dance steps.

He paid no attention to the laughter of the other toads. Beautiful songs and lively rhythms interested him more.

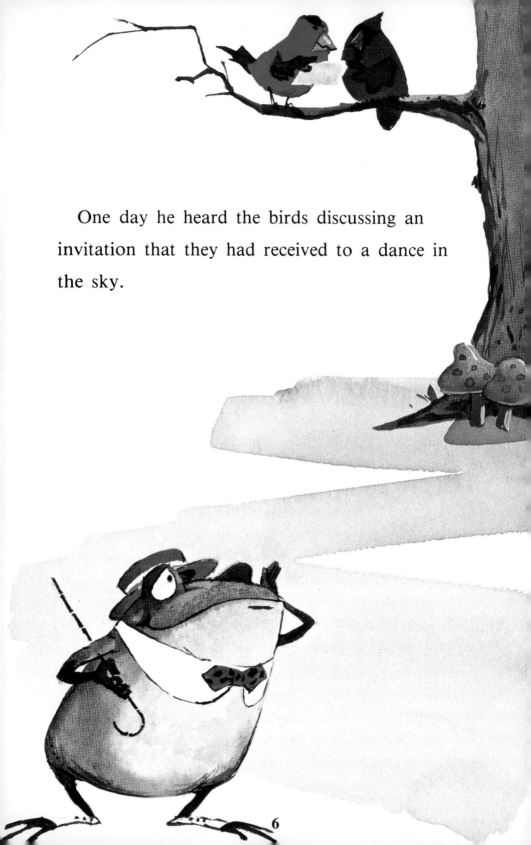

One day he heard the birds discussing an invitation that they had received to a dance in the sky.

6

"I want to go, too," thought the little toad, "but they didn't invite me."

As the day of the dance drew near, Luisito thought and thought about how he could go to this marvelous party. Each day he grew more enthusiastic as he heard the birds practicing their music.

The canary sang with a high, sweet voice.
The seagull played a fine, pure flute.

The cormorant played a clarinet. The ostrich beat a drum.

9

The owl blew his trombone and the eagle
strummed his guitar.

"How beautiful," thought Luisito. "How I
would like to attend this dance; but I am sure that
no one would carry me on his wings. I can't get
up there by hopping. Perhaps I could hide myself
in the eagle's guitar case. He is so strong.
He wouldn't know that I was inside."

So he decided that this was the way that he would get to the dance. Finally the day arrived. All the birds flew up into the air, each one with his instrument. What a sight! There were so many birds that you couldn't see the sun.

The eagle never suspected that he had a passenger in his guitar case.

When they arrived in the sky, everyone sat down at the big banquet table in the clouds. The eagle left his guitar case aside and looked for his place with his friends at the table.

In a little while Luisito came out of the guitar case. What a splendid party! The contestants danced and amused themselves well. The song contest was extraordinary!

Luisito, who had hidden himself behind a cloud, watched everything. When the music played faster, the little toad became so ecstatic that he jumped for joy.

"What marvelous music! I am so happy," he exclaimed.

And he jumped so high that the birds saw him.

"Don't pay any attention to him," said the canary. "Perhaps he will decide to go away from here."

"But how did he get here?" asked the seagull. "He doesn't know how to fly."

The eagle thought and thought. After several minutes, he said, "I know. I am sure that he hid in my guitar case. I thought that it was too heavy."

"Bah," exclaimed the ostrich. "I find this intruder very rude. We have to teach him a lesson."

So all the birds got together and, after much discussion, decided how to punish him.

Luisito couldn't hear anything. He was afraid to get close for fear of being discovered.

In a little bit the music began again, and the general happiness continued from sunset until daybreak.

The next day when it was time to go home, the
little toad hopped quickly into the eagle's guitar
case. He thought that no one had seen him.

"So," said the ostrich, "now is the time to
punish him."

"Yes," said the eagle. "I am going to close my guitar case in such a way that when we are beginning to fly toward the earth, the toad will have a *big surprise.* Now we will know if toads know how to fly."

Hidden in the darkness of the guitar case, Luisito suspected nothing.

He could feel the moment when the eagle put the guitar case on his back. Then after a few minutes, he knew that they were flying in the air. Remembering the magnificent party, the little toad dreamed of the fine tales he was going to tell the other toads.

Suddenly, before he knew what was happening, he felt himself flying through the air.

Terrified, Luisito was falling through space as the eagle had predicted. The poor little toad realized that he was going to fall in a place covered with stones.

"Put down mattresses! I'm going to split the rocks! Put down mattresses! I'm going to split the rocks!"

But no one paid any attention.

CRASH!

What a terrible blow!

His poor little body was full of wounds.
From a distance, the birds were watching.
They congratulated each other.

"There, we gave him a good lesson. He will no
longer go to places where he is not invited," they
said, laughing all the while.

After many weeks the little toad's friends cured
him. As he was recuperating, the sad Luisito
thought, "How ugly I am with these scars!"

But the other toads didn't agree. They told him,
"To us you are very handsome. How brave you
were to fly so high. No toad ever flew before. In
our opinion you are very courageous. You are the
first toad to know how to fly in the sky."

And ever since then, all toads wear spots in
honor of their illustrious ancestor. How long has it
been since you looked at a toad's skin? I believe
that they are still wearing spots. If you don't
believe me, go look quickly.